독도의 푸른 밤

실천문학시인선 037
독도의 푸른 밤

2020년 5월 31일 1판 1쇄 인쇄
2020년 5월 31일 1판 1쇄 펴냄

지은이	이동순
펴낸이	윤한룡
편집	김은경
디자인	윤려하
관리·영업	이소연

펴낸곳	(주)실천문학
등록	10-1221호(1995.10.26)
주소	남양주시 퇴계원읍 퇴계원면 52 405호
전화	322-2161~3
팩스	322-2166
홈페이지	www.silcheon.com

ISBN 978-89-392-3049-1 03810

본 서적은 2020 대구문화재단 완숙기발표지원으로 출간되었습니다.

실천문학 시인선 037

독도의 푸른 밤

이동순 시집

실천문학사

제1부

제2부

제3부

제4부

제1부

바위채송화

이 높고 가파른 벼랑에 뿌리내리고
너는 올해도 노란 꽃송이 활짝 피웠네

낮에는 안개 마시고 밤에는 이슬 먹고
벼랑에 내려앉은 별떨기와 밤새 도란도란

어느 날 너희들 대화 엿들었는데
우리처럼 소외와 극복 주로 이런 것이더구나

나도 흘러간 소년 시절엔 너처럼
친구들과 강가에서 그런 얘기 나누었단다

내 친구 중에도 어릴 때 엄마 잃고
키 작지만 너처럼 억세고 다부진 아이 있었지

가련하고 측은하게 보이지만
오랜 가뭄도 잘 버티는 독도 바위채송화

섬기린초

까마득한 절벽이지만
네가 있으므로 독도는 독도다

주로 가파른 곳만 골라 뿌리내린
너는 대궁 끝으로 작고 노란 꽃 피운다

잎 둘레로 날카로운 톱니 감추고
너는 이 새벽 누굴 기다리고 있는 거니

우뚝 고개 들고 머리 뿔 곧두세운 채
멀리 수평선 바라보는 아기 기린 한 마리

그 모진 겨울 눈보라 속에서도
밑동 살려 이른 봄 새싹 피워 올리는구나

이 터전의 적막 꿋꿋이 견디며
독도를 초록으로 덮으려는 섬기린초

혹시라도 낯선 배 지나갈까 봐
물감 작업 중에도 주변 살피는 녀석들

섬장대

바다 가까운
절벽에서 너를 흔히 만난다
흙도 물도 없는데
이 돌섬에 뿌리내린 네가 장하다

얼핏 보면 냉이 닮았는데
해마다 슴새 우는 오뉴월이면
네 소망 왈칵 솟구치니
키 큰 장대 되어
멀리 수평선 지키고 싶은 것

너 찾아올
그 누군가를 기다리며
눈썹에 손바닥 얹어 바라고 싶은 것
또는 아슬한 깃대가 되어
해풍에 태극기 휘날리고 싶은 것

아니면 산마루 하얀 등대로 서서
깊은 밤 눈부신 등불로
인생항로 잃고 혼자 떠도는 이에게
길 알리고 싶은 것

이 벅찬 꿈
가슴에 품던 그날부터
섬장대는 날마다 쑥쑥 자라
독도의 여러 풀들 중에
가장 우뚝하게 서 있는 것이었다

섬초롱꽃

독도의 서쪽 섬
맨 꼭대기에서 물골로 내려가는
낭떠러지에 돋아난 꽃

날 저물고 땅거미 짙어
앞길 까맣게 사라지고 보이지 않을 때
문득 나타나는 길잡이 꽃

다소곳 고개 숙인 채
그간 가슴에 쌓인 말 들려줄까 말까
끝내 입 다물고 혼자 걷는 꽃

그늘에 숨어 고개 숙이고
이 오랜 날 너는 대체 누굴 기다렸나
고운 초롱 하나 켜든 이여

캄파눌라 타케시마나 나카이

등록된 학명조차 슬픈 사연 서려 있는

우리나라 독도 섬초롱꽃*

---

* 1920년대 조선총독부 소속 일본인 식물분류학자 나카이 다케노신(中井猛之進)이 독도 탐사 중 처음으로 발견하였고 독도의 일본 명칭 다케시마를 넣어 학명으로 등록하였다. 식물도 창씨개명 당한 것이다.

섬시호

불과 십여 년 전만 해도 그는 흔하디흔한 풀이었다 이젠 산과 들 종일 헤매 다녀도 만나지 못한다 어렵게 복원했다는 몇 포기만 울릉도 어딘가에 겨우 있어 그것도 철조망 둘러놓았다

옛 정갈하던 그들의 터전, 그가 살던 군락지에 아파트 들어서고 밭이 통째로 사라지면서 그의 모습도 아조 자취를 감추었다 인간에 밀려난 것일까 인간이 보기 싫어 떠난 것일까

그가 울릉도에서 사라진다는 것은 지구에서 아주 사라진다는 것 멸종이란 걸 두려워한 인간들은 뒤늦게 그를 희귀식물로 지정하고 옛 모습 복원해야 한다며 호들갑 떤다

울릉도에서 사라진 그가 뜻밖에 독도 바위틈에 나타났다 건강하고 풋풋한 얼굴로 노란 꽃까지 피웠다 오랜만에 그를 찾아낸 인간은 심 봤다며 소리 질렀다 그가 독도로 숨어든 속사연을 과연 알기나 하는지 몰랐다

섬괴불나무

울릉도 태하령 고개에 살던
고운 나무 하나 캐다가
독도로 배 타고 냉큼 건너가서
서쪽 섬 물골 뒤
계곡 언저리에 정성껏 심었는데

이태 만에 가 보니
바위틈에 뿌리내리고
푸르게 땅내 맡으며 잘 살아 있더이다
하얀 꽃 노랗게 바뀌고
꽃 진 자리에 붉은 열매 조롱조롱 달고 있는
실한 어미나무로 자랐더이다

꽃이 개불알 닮았다고
이름조차 그렇게 굳어 버린
독도 물골 섬괴불나무
이것만 두고 보더라도 독도와 울릉도는
뿌리가 같은 한국 땅이지요

해국(海菊)

이 바람 찬 가을밤에
너는 오늘도 어제처럼 머리채 잡히고
알몸으로 쫓겨났구나

살려 달라고 두 손 비벼 애걸해도
짐승 같은 아비는 몽둥이로 널 때렸지
꼭 엄마 집에 없을 때 그랬어

그가 과연 네 아비 맞나
톱 혁대 못 박힌 몽둥이 잡히는 대로
마구 갈기고 던지고 휘둘렀지

한겨울 가로등 밑에 버려져
너는 벌레처럼 흐느꼈네 숨죽여 울었네
이리저리 두리번거리며

네 몸엔 온통 보랏빛 멍 자국

이제 그는 떠났고 세월은 많이 흘렀네
넌 웃으며 그 시절 얘기하지

독도의 동섬 바닷가 바위틈
메마른 곳에서 모진 강풍 다 이겨내고
오직 햇볕과 소금기 더불어 친했지

오랜 세월 고난 이기며 살아온
해국 덤불 속에 괭이갈매기 둥지 틀었네
어린 것들 거기서 소리치네

방가지똥

그 청년은
방글라데시에서 왔대
검은 피부 때문에 힘들었지만
워낙 착하고 부지런해서
지금은 어디서나 인정받고 잘 살지
해외노동자로 한국 왔다가
너무 힘들어 죽을 고비도 넘겼어
공사판 막노동
대리운전 보험설계사
결국 원하던 가수 되어 음반도 내었네
여러 해 전 아주 귀화해서
지금은 한국 사람 방대한이지
이렇게 성공한 다문화도 드물어

독도의 귀화식물
방가지똥도 바다 건너 뭍에서 왔대
씨앗이 바람에 실려

이 독도까지 훨훨 날아왔다네
첨엔 힘들었으나 모두 잘 이겨내었지
천덕꾸러기로 살아온 게
오히려 정착에 도움 되었어
대궁 속은 텅 비었지만 잎 둘레는
늘 가시 세우고 있네
방가지는 방아깨비의 충청도 말
궂은 일 험한 일 안 가리고
남 돕는 일에 늘 웃으며 앞장서던
시골 아저씨 같은 방가지똥
그는 이제 독도의 귀한 식구 되었네

번행초

여보게
번행초 비빔밥 아시는가
옛날 울릉도에는
주변이 온통 번행초여서
일하다 배고프면 새순 똑똑 따서 넣고
고추장 넣어 쓱싹쓱싹 비벼 먹던
그 즐거움 컸었는데
이제 울릉도엔 번행초 자취도 없어
이른 봄 통구미 부근
바닷가 모래톱이나 언저리
바위 절벽 주름에 무성히 돋아난
싱싱한 번행초가 그립네
여린 놈은 생채로 버무려 먹고
살짝 데쳐서도 먹는
번행초 묵나물도 좋지
잎 두껍고 물기도 많고 짭조름했어
오죽하면 갯상추라 했으리

잎이 시금치 닮았다고 갯시금치라고도 했어
그 귀하디귀한 번행초가
독도 서섬 북쪽 벼랑에 널렸대
왜 울릉도 떠나갔을까
인간이 보기 싫어
떠났으리

독도사철나무

독도의 동쪽 섬
천장굴 옆 가파른 벼랑
거친 해풍에 할퀴고 시달리며
바위에 온몸 엎드린 채
묵묵히 참고 견뎌 온 실한 놈 있나니
그 이름 독도사철나무

울릉도 멧새가 열매 먹고
이곳 돌섬에 날아와 똥 누었는데
그 씨가 바위틈에 박혀
싹 트고 자라고 비바람 눈보라 다 이기며
늘 푸른 세월이 무려 백 년

사철나무야
독도사철나무야
너 여기서 본 것 그대로 말해다오
왜적들이 독도 강치

과연 어떻게 멸종시켰는지
미국 비행기가 무슨 일로 이 돌섬에다
불벼락 그토록 퍼부었는지

모진 세월 다 견디어
지금 여기 미덥고 튼실한 상징목으로
우뚝 서 있는 독도사철나무*

---

* 2012년 10월 5일 천연기념물 538호로 지정되었다.

왕호장근

독도 서섬
물골 쪽 북사면
배 타고 노 저어 가서
물끄러미 바라보면 온통 초록

어떤 군락인지 궁금해 다가가면
놀라워라 줄기는
대나무처럼 마디가 있고
우뚝한 키는 사람 키보다 높다네

그 줄기엔 호랑이 가죽처럼
얼룩 반점 있어서
잡귀 악령이 달려들지 못한다네
이름하여 왕호장근

그들 이룬 군락지 보노라면
마치 영토 지키는 고구려 병사 같구나

씩씩한 기상 함성조차 들리니
절대 이 땅 넘보지 말라
왜적들 주눅 들게 하는 단호한 기운

독도 서섬 물골 쪽
북사면 왕호장근 군락지 보고 오면
마음 든든해지나니
걱정 근심 사라지나니

독도 곰솔

이 황량한 돌섬에
뿌리내려 갯바위 푸르게 칠하고 있는
모든 식물군락은 놀랍고 장하지

종일 소금기 안고
거칠게 뺨 때리는 해풍과 안개
그냥 서 있기에도 벅차고 힘든 바위섬에
아등바등 뿌리내리고 살았으니

수천 년 모진 고난
다 견디고 버티며 살아온
우리 겨레의 삶과 무엇이 다르랴

독도에 원래
곰솔나무 있었다지만
하나 둘 토박이 나무 사라지고
이젠 옮겨 심은 곰솔이

밑동 굵어진 등걸로 장하게 자랐네

굵고 뾰족한
바늘잎이 곰 털 닮았다던가
나뭇등걸 검어서 곰솔 되었다던가

여러 그루 심었으나
거의 다 시름시름 말라 죽고
동도에 두어 그루
서도에 우뚝 자란 곰솔은 너무 흐뭇해
흙도 물도 부족한 바위틈에
저렇게 뿌리박고 힘차게 서 있으니

독도의 푸른 밤

가슴속에
용광로 품고 있는 섬
흙보다 바위만
잔뜩 안고 억만 년 웅크린 섬

그 메마르고 척박한
돌섬에도 봄이면 푸른 것들 돋아나나니
장하도다 곰솔이여
섬장대 보리밥나무 넓은잎사철나무
우뚝한 섬괴불나무여

네 그늘 밑으로 얼굴 내미는
개밀 해국 섬시호
큰두루미꽃 도깨비쇠고비 왕김의털
경사 가파른 곳에 돋아난
파리한 섬기린초 왕호장근이여

저쪽 언덕으로 넘어가면
마디풀 흰명아주 참소리쟁이
민들레 까마중 방가지똥 닭의장풀
이런 낯익은 풀도 심심찮게 보이나니

너희 모두 바람 따라
물결 따라 새 깃털에 묻어
이따금 오르내리는 인간들 옷깃에 묻어
뜨내기로 왔다가
모두들 함께 어울려 자라나니

귀화다 자생이다 구별 말고
긴 세월 서로 미워하거나 다투지도 말고
이웃으로 오손도손 정 붙여 가며
푸르게 우거지도록
가꾸어 가거라

제2부

괭이갈매기

이 녀석은
지가 고양이인 줄 알고
가파른 담장 모서리를 살금살금 걷는다

이 녀석은
지붕 위에서 아슬아슬 걷다가
갑자기 갈매기처럼 바다로 날아간다

이 녀석은
다리 난간이나 가로등 꼭대기에 엎드린 채
먼 수평선 바라보는 것을 좋아한다

이 녀석은
노란 부리로 앞가슴 깃 다듬다가
뭐가 못마땅한지 자꾸 고개 들고 가르릉댄다

이 녀석은

길 잃은 병아리를 마구 쪼고 찌르며 깨물다가
틈만 나면 양지쪽에서 눈 감고 존다

이 녀석은
깊은 밤 등대처럼 눈 깜빡이다가
멀리 일본 순시선 보고 놀라 크게 야옹거린다

바다제비

얼마나 먼 길
기운차게 달려왔나
그 작은 날개를 저어 저어
얼마나 숨 가쁘게 여기까지 달려왔나

슴새 괭이갈매기 더불어
독도는 네가 있어 진정 독도라 부르나니
제비여 바다제비여
네가 가장 좋아하는 독도에
너는 집을 짓고 알 낳고 한 시절 보내나니

엄마 아빠는 먹이 찾아
저 수평선 끝으로 떠나고
아기 제비는 컴컴한 굴속에서
오늘도 종일 엄마만 기다리고 있구나

이 조용하던 독도에

언제부터인가 못 보던 풀 우거져
사람들 옷깃에 풀씨 묻어 들어왔다는
쇠무릎풀 더부룩 우거져
거기 빠지면 살아 나오지 못하나니

들쥐 놈도 늘어나
어린 제비 보는 대로 물어 죽이나니
독도여 바위섬이여
바다제비 하나 갈무리 못 하는 독도여
너 이제 편한 섬 아니로구나

독도 슴새

그들에게
섬은 운명이다
섬에서 나고 섬에 산다고 슴새
슴새는 머나먼 팔천 리 하늘길 날아와
독도 바위틈에 집 짓고 산다

돌 틈에 흙 쌓여 부드러운 곳
슴새는 거기 굴 파고 알 한 개 낳는다
아기 슴새 만날 때까지
오래도록 어미 아비는 교대로 품는다
둥지에 빗물 잠겨도 그냥 있다

어미가 품으면
아비는 종일 바다에서 먹잇감 구해
석양 무렵에 돌아온다
지친 몸 가누지 못하고 털썩
슴새는 둥지 옆 땅바닥에 내려앉는다

이런 아비 반갑고 눈물겨워
어미 슴새는 그저 뽀뽀하며 부빈다
좋아서 내는 소리는 단지 과아 괴아 위이 위이
아빠 슴새는 기분 좋아 뒤뚱뒤뚱
둥지 주변을 맴돈다

알 품던 어미 자리는
아비랑 바꾸고 어미는 다음 날 해 뜨기 전
날아올라 먼바다로 떠난다
아비 슴새는 종일
둥지에서 알 품고 기다린다

풍장(風葬)

등대에서 독립문바위 쪽으로
돌비알 더듬어 내려가다 보았네

괭이갈매기 혼자 죽어서
털과 하얀 뼈 몇 점 널브러진 곳

독도 상공에서 힘차게 바람 가르던
그 억센 날갯짓 어디 갔나

길게 목 빼어 제짝 부르던
애타는 괭이 소리 다 어디 갔나

비바람에 너의 몸 산산이 흩어져
모두들 제각기 다른 곳 찾아 떠나갔네

하지만 독도의 물과 흙과 풀
나무 바위 곤충 물고기 속으로 옮겨 앉았네

머무는 곳 잠시 자리 바꿨지만
그대들 여전히 독도 울타리 품속에 있네

살아서 죽어서 늘 거기 있으니
말 그대로 영원한 독도 지킴이일세

개밀 둥지

독도 괭이갈매기는
개밀 포기 위에 둥지 튼다
거친 곳에 잘 자라는 개밀은
땅 위를 너부죽 엎드려 조금씩 기어간다
괭이갈매기는 이런 개밀 위에
둥지 틀기를 좋아한다

까만 얼룩점 박힌
곱고 예쁜 알 몇 개 낳아
개밀 둥지에서 날마다 품는다
암수가 번갈아 가며 정성껏 품는다
알은 따뜻한 어미 품에서
몸 뒤척인다

병아리가 알 속에서 기척을 하면
어미는 밖에서 톡톡 깨어서 도와준다
밖으로 나오는 병아리를 개밀 둥지가 받아 준다

아기병아리 보듬으며
개밀은 기쁘다 흐뭇하다

이 밤에도
독도 괭이갈매기들은
개밀 둥지에 웅크려 잔다
그들 둘은 서로 불가분의 운명이다
개밀이 없었다면
괭이갈매기도 없었으리라

꺅도요

잘 놀다가도
어디선가 인기척 들리면
꺅 소리 내고 황급히 달아난다는
이 도요새가 나는 좋다

내 어린 여름날
날 저물어 어둑어둑해질 무렵
빨랫줄에 이불 홑청 가리고
그 뒤에서 노래하며 물 끼얹던
누나도 그런 소리 냈었다

꺅도요만 보면
지금은 멀리 간 누나 생각이 난다
멧도요 민물도요
알락도요 노랑발도요
깝작도요 꼬까도요 넓적부리도요
수많은 도요새가

독도 다녀가지만 그 중에서도
꺅도요가 나는 좋다

고요한 저녁 어디선가
바가지로 물 끼얹는 소리가 난다
어디일까 귀 기울이는데
그때 들리는 소리 꺅

독도 철새

육지로부터 멀리 떨어져
고적하던 돌섬 이제 더 외롭지 않네

바위벼랑에 웅크리고
가만히 귀 기울이면 들리는 소리

슴새 바다제비 괭이갈매기
이 녀석들 가장 많지만 걔들뿐은 아니지

되새 상모솔새 노랑턱멧새
황조롱이 알락할미새 흰줄박이오리

썩 드물게 보이는 녀석들은
고니 벌매 물수리 뿔쇠오리 흑두루미

남북으로 오가다 잠시 머물러
지친 날개 쉬고 있는 황로 도요새 말똥가리

온갖 철새 나그네새들
쉼터에 중간기착지로 일 년 사철 붐비나니

독도여 너 바윗덩이 섬이여
무뚝뚝한 네 가슴 이렇게도 넓었구나

잃는다는 것

독도 등대에서
동쪽 끝 독립문바위로 가던 중
능선 길에서 보았네

수많은 괭이갈매기 병아리가
여기저기 쓰러져 그대로
죽어 있는 광경을
거기 쪼그려 앉아 오랫동안 지켜보았네
가슴속에서 슬픔 끓어올라
참을 길 없었네

내가 아직 두 발로 서지도 못할 때
엄마 잃은 내 모습 떠오르고
나라 잃은 채 험한 곳 떠돌며 헤매던
가련한 겨레의 모습 떠올랐네
그 무엇이든
거두는 이 없으면 저리 되는 것

저 병아리들도

길 잃고 어미 잃고 주린 배로 헤매다

저리 되었으리

곧 눈물이 흐를 것 같아

멀리 수평선 쪽으로 눈길 돌렸네

독도 강치

1930년대
조선은 일본의 놀이터
마구 짓밟고 때리고 부수고 뭉개고
그대로 빼앗는 것이 능사
이를 일러 제국주의 파시즘이라 하거늘
당시 조선은 사람과
땅덩이만 유린당한 게 아니라
거기 살고 있던
모든 생명들 마구 유린당했나니
독도 강치가 바로 그것

옛 문헌*에
바닷속 소같이 생긴 짐승 있어
붉은 눈동자에 꼬리는 없고

---

* 『증보문헌비고(增補文獻備稿)』. 1903년부터 3년 동안 종래의 '문헌비고'를 바탕으로 상고시대부터 대한제국까지의 우리나라 문물제도를 총망라한 16권의 해설집.

떼 지어 물가 언덕에 누웠다 하니
그게 바로 강치였더라
이로써 돌섬의 이름조차 가지도였으니
독도는 강치의 터전이었더라

왜놈 장사꾼 나카이 요자부로란 놈
이 강치에 눈독 들이고
건달들과 떼 지어 몰려와서
독도 강치 보는 대로 잡고 찌르고
죽여서 실어 갔나니
기름과 가죽 팔아넘기고
곡마단에도 산 채로 넘겨 떼돈 벌었지

어린 강치 잡아서 어미 유인하고
그 어미는 창살로 찍어 무자비하게 죽였고
성난 아비 강치 달려들면
곧바로 총 쏘아 거침없이 죽였다네

평화롭던 독도 강치

수천 마리 왜놈들이 깡그리 없앤 뒤

그 많던 강치는 씨가 말랐나니

강치야 독도 강치야

지금 너 어디에 있느냐

독도에 누가 사는가

얼핏 생각하면
흙도 없는 바위섬에
사람이 살 수 있을까 하는데
이 쓸쓸한 독도에도 사는 이 있다

가장 먼저 최종덕이
서도 가파른 벼랑턱에 집 지어
거기서 파수꾼으로 살았고
그 뒤이어 김성도 이장 부부 살다가
남편 세상 떠나자
아내 혼자 빈집 지키고 있다
비바람 불고 눈보라 휘몰아치면
얼마나 두렵고 외롭고
고달팠으리

동도엔 등대관리원 둘
울릉군청 독도관리사무소 직원 둘

독도경비대원 35명
그리고 거기서 컹컹 짖는 삽살개
온갖 텃새 나그네새
철 따라 피어나는 여러 초목들
각종 곤충들과 다양한 물고기 떼

이 모든 생명들
독도에 터 잡고 살아가나니
날마다 분주하고 활발하게 살아가나니
두 번 다시 독도를
빈 섬이라 부르지 말라

된장잠자리

너는 그토록 가벼운 몸으로
어떻게 이 머나먼 돌섬까지 왔니

독도의 상공 날아오르는
네 얼굴 석양빛으로 물들었구나

잠시 안 보일 때 너는 살그머니
억새밭에 숨었나 맥문동 군락지에 숨었나

너는 오늘도 암수 한 쌍으로
서로 팔 잡아 주며 고인 빗물에 알 낳네

언제라도 네가 마음만 먹으면
단숨에 바람 타고 먼 곳으로 떠나련만

너는 네가 태어난 이 독도가 좋아서
줄곧 여기서만 살아가고 있구나

하기야 네 아비도 할아비도
이 돌섬에서 된장만 먹으며 살아왔단다

잠자리야 된장잠자리야
이름조차 토박이로 태어난 슬픈 겨레

이 적막한 돌섬에 네가 있어
나는야 좋단다 기쁘고 흐뭇하단다

섬땅방아벌레

그 누구도
보는 이 없는데
너는 이 밤에도 혼자 방아 찧고 있네
네 절구엔 대체 뭐가 들었나
무얼 그리 열심히 찧나

독도 벼랑 위에
맑고 차디찬 달빛 조금
싸늘한 냉기 머금은 바람 약간
시도 때도 없이 몰려오는 안개 몇 줌
여기다 슴새 울음 살짝
함께 버무려 쿵더쿵 방아 찧네

절굿공이 따로 없어서
온몸 공중에 솟구쳐 툭 떨어지네
이따금 잘못 떨어져
거꾸로 누운 채 정신 가물가물

짧은 다리 바둥바둥

그러다 한순간
다시 솟구쳐 올랐다가 툭 떨어지며
또 쿵더쿵 몸 방아 찧네
팔월도 한가위 점점 가까운데
혼자 명절 준비 분주한
섬땅방아벌레*

---

* 독도장님노린재, 어리무당벌레와 함께 1981년 독도에서 처음으로 발견된 세계 최초의 미기록종 곤충.

남방남색꼬리부전나비

너를 어찌 여기서 만나니
풀잎 끝이나 나뭇잎 또르르 말고
네 알은 거기 자라네
네 몸에 맺히는 단물 먹으려
개미는 줄곧 네 옆 떠나지 않네

그토록 드센 해풍도 견디며
너는 조금씩 자라더니
드디어 눈부신 나래 펴서 말리네
둘레는 검고 가운데는
세상에서 처음 보는 푸른 빛깔
너무 거룩하고 황홀해서 옷깃 여미네

하늘이시여 이 독도에
남방남색꼬리부전나비 보내 주셔서
감사드립니다
온몸 뽀송뽀송 다 말린 뒤

너는 작은 나래로 톡톡 튀듯 날아다니네
한순간 독도가 환해지네

너는 등불 너는 사랑
너는 희망 너는 우리 모두의 꿈
먹부전나비 물결부전나비
산푸른부전나비 쌍꼬리부전나비
이 나라 부전나비 중
가장 고운 님 여기 계시네

고맙다 독도 부전나비야
내가 혼자서 홍겨워하는 틈에
남방남색꼬리부전나비는
바람에 실려 서도로 건너가 버렸네
나는 감격으로 먼바다 보네

톡토기

너는 먼지냐
너는 분말이냐
워낙 작아 잘 볼 수 없는 미물이지만
난 하나의 어엿한 벌레
생명 섬 독도 분주히 가꾸느라
오늘도 흙 속에서 땀 흘리는
전업 청소원

흙이 있는 곳
마른 풀 썩은 나무
죽은 슴새 바다제비 괭이갈매기
쓰러진 주검 위로
비바람 세차게 지나가고
안개 소금파도 눈보라 뒤덮이고
계절은 꼬리 물고 이어달리기 하네

두 무릎 비비며

종종걸음 걷다가 한순간
나는 배 밑 돌기 박차고 톡톡 튀네
사람들은 내가 뒷다리로 튄다고 하지만
이는 모르고 하는 말
늘 흙 속에서 머물기에
사람들 눈에는 잘 띄질 않네

그런 여러 날 가고 나면
흙 속에 꼬물꼬물 움직이는 것 있네
배고프면 온갖 부서진 가루
이끼 곰팡이 먹고 살지
독도가 이만큼이라도 푸르게 된 건
모두 내 덕분이지
내가 밤새워 일한 덕분이지

독도장님노린재

세상에서 오직
독도에만 살고 있다 해서
이름조차 특별한 독도장님노린재*

그들은 번행초에 붙어
종일 즙액 마시다가 그냥 자기도 한다
거기서 사랑도 하고 알도 낳고
어린 것 키우기도 한다
독도 번행초 군락은 그들의 터전

휘영청 보름달 뜨면
슬그머니 번행초에서 내려와
잘 뵈지도 않는 벼랑길 더듬어 더듬어
평지로 기어 온다
그들은 달빛을 좋아한다

---

* 섬땅방아벌레, 어리무당벌레와 함께 1981년 독도에서 처음으로 발견된 세계 최초의 미기록종 곤충.

달빛 받고 드러누워 있기를 즐긴다

언제부터
그들이 이곳 독도에 생겨났는지
아는 이 아무도 없다
그의 할아버지와 조상의 뿌리도 모른다
다만 여러 해 전
독도로 답사 왔던 곤충학자들이
그를 찾아내어 미기록종으로 보고했다

세상에서 오직
독도에만 살고 있다는
참 귀하신 몸 독도장님노린재

독도 박테리아

독도는
바다 위 돌섬만 보이지만
거기엔 재미있는 것들 무척 많지
육지에선 볼 수 없고
오직 독도에만 있는 게 있다는데

학계에 처음 알려진
희귀 박테리아만 무려 38종
최초 발견자가 지은 학명
그대로 기록되는데
이름 속엔 모두 독도가 들어 있다네

독도니아 동해니스
동해아나 독도넨시스
독도넬라 코린시스

언제 생겼는지

어디서 어떻게 살아왔는지
어떻게 생겼는지
전혀 모르지만 우선 반갑네
네 학명에 귀 기울이면
독도 파도 소리 들릴 거야
괭이갈매기 소리도 들릴 거야

독도 곤충

비탈진 바위벼랑에서
멀리 수평선 바라고 앉았는데
가만히 보아하니
풀숲에 기거나 뛰거나 꼬물꼬물
움직이는 것들 있네

개밀 끝에 매달려
작은 날개를 떨기도 하고
바위벽 타고 살금살금 오르거나
이리저리 포르르 날아다니기도 하는
움직이는 것들 있네

놀라워라 반갑구나
너희들 그 작은 몸과 연약한 나래로
어이 이 먼 곳까지 왔니
노린재 잠자리 톡토기야 어떻게 왔니
해풍에 날아왔니

해류에 떠밀려서 왔니

독도장님노린재야
섬땅방아벌레 초록다홍알락매미야
두줄꽃등에 육점박이꽃등에야
붉은등금파리야
꼬리 예쁜 남방남색꼬리부전나비야
말해다오 네 고향 어디니

비바람 몰아치고
거친 눈보라 휩쓸어 가도
내년 봄까지 독도 바위 구멍에 웅크리고
모진 겨울 나는구나
고맙다 벌레들아
너희가 진정 독도 주인일 테지

둥근성게

독도 부근 바다가 온통
성게 밭 되었다네
물질하던 해녀들 한숨이 가득
여름이면 돌돔
파랑돔 말쥐치 줄도화돔
겨울에는 인상어 쥐노래미
온갖 고기들 수족관처럼 바글거렸는데
이젠 다 어디 갔나

굴러다니는 건 온통 둥근성게뿐
잠수해서 둘러보면
눈에 보이는 건 모조리 밤송이 같은 성게 떼
이놈들이 지금 독도 바다를
아주 하얀 사막으로 바꾸는 중이야
그 무성하던 대황 감태
미역 다시마 밭 다 갉아먹고
을씨년스런 사막으로 바꾸어 버렸네

독도 어민들

견디다 못해 어린 돌돔 방류했네

이것들 다 자라면

성게란 놈 보이는 족족

아작아작 씹어서 삼켜 버리니

독도 바다 살길은 오직 돌돔뿐일세

한류는 난류로 바뀌고

못 보던 자리돔 가끔 올라오네

독도 물속 풍경

큰 돌섬 두 개
그 주변으로 엎드린
수십 개의 작은 섬들 찰랑거리나니
오늘은 물안경 쓰고 바닷속
한번 둘러보자

검푸른 물결 밑으로
서로 빽빽이 이어진 바위 뿌리들
그 사이 사이로
물고기들 다니는 길 나 있어
그 길로 날마다 온갖 물고기 오가는데

철 따라 물고기 다르고
어울려 다니는 구역도 다른데
이 모든 물고기 그냥 오가는 게 아니라
돌섬 구석구석 보살피며
밤새도록 빙빙 헤엄쳐 돌보는데

이것이 돌섬 물고기의
그들 타고난 운명이었더라

봄에 지키는 녀석은
물꽃치 철갑둥어 긴꼬리벵에돔
가을에 돌섬 지키는 녀석은
꽁치 노래미 조피볼락
범돔 망상어 용치놀래기 가막베도라치
오징어 떼는 멀리서 에둘러 싸고
물가엔 독도새우 폴짝

이 바쁜 중에도
동도와 서도 사이 얕은 곳에는
모자반 심어서 어린 것들 키우는데
자 보아라 너무도 사랑스런
볼락 벵에돔 새끼들이
여기서 토실토실 살 오르는데

낯익은 골짜기엔
한류 난류 엇갈려 지나고
예전에 못 보던 물고기도 보이는데
얼른 봐도 전혀 생김새 다른
청황베도라치 다섯줄얼게비늘이
바로 녀석들이라

물속 바위틈에 무수히 생겨난
계곡 동굴 가파른 벼랑
감태 황태 미역 다시마 일렁대고
무성한 해조류 사이로 숨은 온갖 물고기 떼
그들 모두 이 돌섬 지켜 왔네
억만 년 지켜 왔네

독도새우

오늘 저녁
술 한잔 어때
요즘 기분도 꿀꿀하고
신바람 나는 일도 전혀 없는데
우리 술이나 한잔해
술은 쏘맥으로
안주는 맛있는 독도새우

도화새우 가시배새우
물렁가시붉은새우
닭새우 꽃새우 독도왕새우
회도 찜도 튀김도 좋지
왕소금 위에 구운 놈은 더 맛있어
고소하고 달콤하고 부드러워
초장 간장 필요 없어

닭새우는 가시 조심해야 돼

찔리면 손가락 너무 아파
값이 좀 세니
모듬 세트면 무난할 거야
잘 제조한 쏘맥에 거품 일으킨 다음
그대로 단숨에 쭈욱
그러곤 톡톡 튀는 독도새우 한 점
생각만 해도 입에 군침 도네

시간 늦지 않게 와
나 혼자 기다리지 않도록 해
그런데 저녁까지 대체 어찌 기다리나
일손은 안 잡히고
마음 붕 떠 줄곧 시계 보며
혼자 안절부절

대화퇴어장

내 어린 날
아버지는 새벽에
라디오 크게 틀어 일기예보 들으셨다
종일 바깥출입 않는 분이
주로 들으시는 건
동해 대화퇴어장의 기상통보

오늘은 날씨 좋아 오징어 많이 잡히겠구나
강풍 때문에 출어가 위험하겠어
파도가 높아 힘들겠네
방바닥에 누운 채
아버지는 혼잣말로 중얼거리셨다

나는 새벽 잠결에 눈앞을 스쳐 지나가는
물고기의 행렬 보았다
오징어 꽁치 방어 연어 숭어
돌돔 벵에돔 개볼락

미끈하고 날렵한 놈들의 유영을 보다가
다시 깊은 잠으로 빠져들었다

한순간 동해 물 다 빠지고
독도 부근 대화퇴어장 그대로 드러났다
물고기들 깜짝 놀라
더 깊은 바다로 숨어들고
개마고원처럼 드넓은 대화퇴 평원을
나는 아버지와 둘이서
한 줄기 바람 되어 달려갔다

독도가 바로
등 뒤에서 웃고 있었다
리만 한류와 쿠로시오 난류가
멀리서 달려와 반갑게 마주 얼싸안는 곳
얕은 바닥엔 기름진 퇴적물 많아
온갖 물고기 몰리는 곳

물 빠진 대화퇴어장은 잠결에서
내가 마음껏 뛰며 놀았던
어린 날 파도 소리 들리는 운동장이었다
아버지는 무덤 속에서
지금도 새벽 기상통보 들으실까

제3부

독도 등대

우리 국토의
머나먼 동쪽 끝에서
혼자 잠들지 않고 서서 기다리다
맨 먼저 깊은 어둠 몰아내는 등대 아시는가

바닷속 몰려다니는
오징어 잡느라 꼬박 밤새는
저 고단한 어민들 앞길 밝혀 주느라
함께 밤 지새는 등대 아시는가

틈만 나면
침탈의 기회 엿보고
순시선 보내어 주도권 빼앗으려는 일본
그 흉계 살피는 등대 아시는가

울릉군 울릉읍
독도리 독도이사부길 63번

그 옛날 신라 장군 부신 눈빛으로 우뚝 서서
나라 땅 지키는 보초등대 아시는가

물골

이 외딴섬에
가늘게 떨어지는 물줄기 있어
부근 어장에서
고기 잡던 어부들
파도 무릅쓰고 벼랑턱에 집 짓고 사는
몇 안 되는 독도 주민들
생명의 기운 이어 주나니

누가 이 섬을
사람 살 수 없다 했던가
저 너그러운 하늘은 이 작은 섬에도
한 줄기 감로수 베푸시어
목마른 사람
이 골짜기 서둘러 찾아와
타는 목 축이고 멀리 수평선 바라보면
그제야 섬의 속울음 들리나니

그 누구든
삶에 지친 이는 이곳 물골에 와서
괭이갈매기 비명 속에
간간이 들려오는
동해 바다 외로운 섬 독도의
슬픈 사연에 귀 기울여 보시게
가슴속 꼭꼭 뭉친 사연 들어 보시게

형제 섬

독도 바다 밑에는
엄청나게 넓은 대륙붕 있어
그 위에 만들어진
산과 언덕과 벼랑과 너럭바위
독도란 섬은 이 대륙붕 위에 솟은
두 개의 바위산

바닷속에 잠긴 산 광대하지만
뾰족이 물 위로 고개 내민
두 개의 봉우리
그게 바로 동도와 서도일세

아름다운 형제 섬
그들 둘은 가까이서 심심할 틈이 없네
물 밑 이야기 물 밖 이야기
대륙붕엔 물고기 얼마나 많은지
오늘은 또 어떤 물고기 새로 왔는지

물속 목장엔 온갖 해초 잘 자라고 있는지

바위 밑에 고인
석유와 메탄 하이드레이트는
여전히 소중하게 잘 갈무리되고 있는지
그걸 자꾸 탐내는 일본을
어떻게 단호히 물리쳐야 하는지
두 형제 섬은 종일
그런 이야기 나누느라 바쁘네

엄마 섬 자식 섬

1432년
세종실록지리지
그 책에서 울릉도는 본섬
독도는 딸린 섬

날씨 청명할 때는
울릉도에서 멀리 돌섬 보이나니
이로써 울릉도는 엄마 섬
독도는 자식 섬

엄마는 자식만 바라며 살고
자식은 엄마만 바라며 살아가는데
누가 이 둘 떼어놓으려 하나
대체 누가 자식을
엄마 곁에서 끌어내려 하나

자식 잃고 그 엄마 어찌 살라고

엄마 잃고 그 자식 혼자 어찌 살라고
엄마는 늘 자식바라기
자식에게 엄마는 언제나 태양

그 둘은 언제나
서로 보이는 곳에 살아야 하나니
오늘도 독도 울릉도는
그래서 마주 보며 살아가나니

독도 바위타령

우리가
상상할 수 없는
옛날도 아주 아득한 옛날
화산은 연이어 펑펑 터지고
번갯불은 번쩍번쩍 우르릉 쿵쾅
부글부글 끓는 마그마는
줄곧 솟구쳐 돌죽으로 흘러내리고

땅속의 자갈 모래
진흙은 몇 달이고 뒤집어져
더께더께 쌓이고
쌓인 위로 다시 몇 겹 또 쌓이고
그 위로 비바람 눈보라 휘몰아치고
바닷물 뒤덮여 넘실대니
세월은 이렇게 흐르고 또 흘러갔더니라

물 위로 큰 돌섬 두 개

그 주변으로 점점이 작은 바위들
온갖 형상으로 잠겨서
어울려 저희끼리 도란도란 얘기 나누는데
파도는 철썩철썩
번갯불은 쿵쾅거리며 휘번쩍
이렇게 생겨난 독도 바위를 어디 보자

강치 놀던 큰가제바위
미역 따던 미역바위
거북손 모양 보찰바위
구멍 뚫린 삼형제 굴바위
수만 년 닭바위는 알만 품고 있네
툭 튀어나온 촛발바위
어민들이 칼 갈았다는 숫돌바위

활짝 펼친 부채바위
누가 쓰던 모자인가 탕건바위

줄곧 코 박고 물 마시는 코끼리바위
섬 오랑캐 막는 전차바위
만세 소리 들린다 독립문바위
여차하면 함포사격 날리려는 군함바위
이 많고도 많은 독도 바위는
저 깊은 바닷속으로 육지까지 이어졌나니

아리랑 아리랑 아리리오
늘 주고받는 땅속 이야기는
너 멀리 있지만 우리 족보와 뿌리 잊지 말라
너 외롭고 힘들어도 잘 견뎌라
독도 바위는 오늘도 그 말 되새기며
거센 파도 해풍에 시달리지만
전혀 외롭지 않나니

안용복

나라가
전혀 돌섬 잊고 있을 때
거기 제집처럼 마구 드나들며
전복과 강치 훔치던
섬 도적 몰아낸 용감한 사내

그것으로도 모자라 일본까지 뒤쫓아가
울릉도 독도는 조선 땅이니
두 번 다시 침노해서 행패 말라며
크고 당당한 꾸중으로
섬 오랑캐 간담 서늘케 한 사내

꾸중만으로 모자라
그곳 태수와 조목조목 따져서
확인 문서까지 기어이 받아 온 사내
울산 사람 박어둔과 더불어
두 번이나 현해탄 건너갔던 불굴의 사내

이런 장한 일 하고도
격려와 칭찬과 포상은커녕
제 나라에서 오랏줄에 손발 묶여 끌려가
온갖 죄목으로 이리저리 욕 당하고
죽도록 매 맞아 귀양 간 사내

울릉도 독도 바닷가에서
가만히 귀 기울이면 들리나니
바위 때리는 파도 속에 줄곧 들리나니
섬 도적 꾸중하는
동래 출신 사내의 뜨거운 외침을

옳고 그른 것 분명히 가려
대성일갈 악을 징치했던 한 사내의
의로웠으나 몹시 고독했던
그의 피눈물 보이나니
생애가 보이나니

심흥택 해산(海山)

독도 옆
바닷속엔 늘 물에 잠긴
돌산 하나 있나니
높이는 독도보다 낮지만 크고 우람해
그에 맞는 산 이름 붙였나니
이르기를 심흥택 해산

일찍이 1908년
그가 울릉군수 지낼 때
왜적 수십 명 돌연히 찾아와
울릉도의 토지 인구수 생산량 조사하며
독도는 자기들 강치 잡던 곳
일본에서 가까우니 일본 영토라 했네

이 억지 주장 반박하고
낱낱이 사연 적어 조정으로 상소했건만
이미 세상은 왜적 천지라

아무런 반향 얻어내지 못했네
이 일로 도리어 울릉군수 쫓겨나고
한 품은 채 궁벽 산골에 살다 죽었으니

지금 독도영유권 분쟁에서
그의 외로운 노력과 주장 그리웁나니
심흥택 해산 이름 붙인 까닭은
바로 그 사연 때문이라
심 군수는 오늘도 독도 옆 물속에 잠겨
독도 지킬 궁리로 날밤 새는구나

독도 삽살개

독도 동섬엔
온몸의 털 너풀너풀
해풍에 나부끼며 뛰어다니는
삽살개 두 마리 있네

좁은 섬
이 끝에서 저 끝까지
온몸 털북숭이로 쏜살같이 오가는
오누이 삽사리 황삽사리
몽이 곰이란 이름 부르면 달려오는
독도 지킴이 삽사리
경비대 청년대원들 가장 다정한 친구

이 녀석들 기어이 사고 쳐서
한 달째 묶여 있다고 하네
괭이갈매기 서식지로 몰래 들어가
알과 병아리를 먹은 죄

알 껍질 죽은 병아리 무더기로 발견되었다네
독도에 들여왔던 토끼란 놈들은
어린 묘목 밑동 갉아먹어
진작 여기서 쫓겨났다고 하네

삽사리도 토끼처럼 쫓겨날 운명인가
녀석은 풀려나 달리고 싶네
온몸의 북실북실한 털 나부끼며
독도 이쪽에서 저 끝까지

불타는 얼음

수억만 년
긴긴 세월 동안
육지에서 흘러온 온갖 부유물
돌섬 부근 바닥에 쌓여
열과 압력으로 차곡차곡 눌리고 다져져
그대로 얼음처럼 굳었나니
예로부터 이를 일러 불타는 얼음
메탄 하이드레이트

독도 가슴속에는
불타는 얼음 박혀 있다는데
그걸 탐내 이름조차 다케시마로 바꿔놓고
원래 자기네 땅이었다고 우기는
저 섬 도적 떼 등쌀에
속은 상할 대로 상하고 억울과
답답 상처와 피멍이 쌓일 대로 쌓여서
그렇게 생겨난 걸 아는가

돌섬 바다 저 깊이
불타는 얼음 잠들어 있나니
이를 훔치려는 섬나라 오랑캐 도적 무리
밤낮없이 빈틈 엿보며
기웃거리는데
아이들아 우리 후손들아
이 돌섬 절대 도둑맞지 않도록
자나 깨나 살펴야 해

홀로섬

— 의상대사를 사랑했던 선묘(善妙)*의 화법으로

저는 배를 타고
검푸른 동해를 저어 저어
오직 동남쪽으로만 달려갑니다

그곳에 그대가 계시다기에
그대가 홀로 계시다기에

얼마나 지났을까
먼 수평선 끄트머리에
작은 점 하나가 보입니다
그 점이 그대인 것을 저는 압니다

그대는 종일 바다 위에 서서

* 신라의 승려 의상(義湘, 625~702)이 당나라 유학 시절에 만났다는 중국의 처녀. 두 사람의 사랑은 끝내 이루어지지 못했으나 처녀는 바다의 용이 되어 사랑하던 의상을 끝까지 도왔다는 전설이 있다. 의상이 창건한 경북 영주 부석사에는 선묘각(善妙閣)이 세워져 있다.

제가 오는 쪽만 바라보고 계셨습니다

눈부신 햇살을
한쪽 손바닥으로 가리며
눈썹 찡그리며

독도우표

나 태어난 집
나 지금 사는 집
내 조상 대대로 살아온 터전을
우리 집 아니라고 우겨대는 놈 있네
등기권리증 보자 하네

누가 함부로
내 집을 자기 집이라 우기나
조상 대대로 살아온
우리 집을 누가 자기네 집이라 우기나
바로 왜적 일본일세
저 간악한 무리가 또 난동일세

어쩔 수 없이
내 집 사진 넣은 우표 만들었네
해국 갯메꽃 슴새
괭이갈매기 도합 네 가지 만들었네

봉투에 그 우표 붙여
일본 친구한테 편지 보내었지

일본 우체국에선 난리가 났네
불난 집처럼 호들갑 떨며
한국에서 날아온
모든 독도우표 일일이 찾아내어
그 사진 보이지 않도록
새카맣게 먹칠해서 배달했다네

이렇게 일본이
괴벽과 망령 부려대자
북한에서도 독도우표 만들었네
조선의 섬 독도
왜적들 속은 뒤집어졌네

독도 방문

경찰경비정으로
독도 가던 시절 있었네
일반 배는 아예
출항 허가조차 내리지 않았어

비 내리던 어느 여름
경찰경비정이 독도 동섬 앞에 닻 내리자
사람들은 작은 배로 옮겨 탔지
파도는 거칠고 몸 기우뚱
독도는 쉽게 문 열어 주지 않았어
기운차게 몸을 날려
드디어 독도 동섬에 발 디뎠네

가파른 벼랑길로 오르는데
양쪽 돌벽엔 온갖 지저분한 동판 있었어
국회의원 아무개 방문 기념
수없이 많은 남루한 동판 사이로

얼마나 올랐을까
칼날 능선에 당도하니
파도 소리 요란한데 서도가 보였네

아직도 그 동판들 있나 몰라
그 누구도 쉽게 못 가던 독도를
미리 자기 이름 새긴
동판 하나 들고 와 독도 바위벽에 박던
뻔뻔한 얼굴들 생각하네

독도시찰단

1954년
휴전 직후 한국이
혼란에서 못 헤어날 때
왜적은 자주 독도에 나타나서
바위마다 일장기 그려놓고
'일본 땅 다케시마'라는
표목 깊이 박은 뒤 떠나갔다

왜적 참의원 하나는
신문에서 이렇게 말했다
내가 다케시마에 왔다
일본 땅 다케시마에 왔다
그 누구도 우릴 막는 이 없었다
한국 함선은 그림자도 보이지 않았다
이 기사에 나라 발칵 뒤집혔다

그 직후 정부에서 시찰단 보냈다

해양경비선 화성호에
작은 나룻배 하나 싣고 갔는데
때마침 폭우 쏟아지고
거친 파도에 나침판까지 고장 났다
안개 속으로 한참 헤매다가
겨우 섬에 올랐다

왜적들 바위에 그려놓은
일장기 위로 태극기 덧칠해 그렸다
놈들 박은 표목도 뽑아 던졌다
그 얼마 뒤 독도에 등대가 세워졌다
방심하면 왜적들 또 온다
놈들 분명히 온다
두고 봐라

독도의용수비대

나라가 전쟁에 시달릴 때
그 틈새 노리고 침탈하는 왜적들 보다 못해
오로지 의로움 하나로
분연히 일어선 울릉도 청년대원들
육탄으로 기어이 독도 지켜낸
의인들 추모하는 이 아침
그들에겐 영광보다 고난이 훨씬 많았네

어떤 지원도 격려도 없이
내 집 팔고 논 팔아 식량 무기 조달했네
독도에 여러 날씩 머물던 시절
보급선은 오지 않고
물도 식량도 바닥나 쫄쫄 굶기도 했네
해초나 따 먹고 겨우 버티었네

이 고난 견디어 가며

숨어든 왜적들과 자주 교전 펼쳤네
너무 초라한 무기였지만
왜적 순시선 세 차례나 당당히 물리치고
나중엔 비행기까지 내쫓았네
이토록 장한 공 세운 의용수비대에게
칭찬보다 시련이 쏟아졌네

홍 대장이 해적이라며
몰아세워 온갖 고통 주었고
한일협약 맺을 때는 홍 대장 끌고 가서
글 못 쓰도록 손목 부러뜨렸네
독도는 우리 땅 두 번 다시 외치지 말라며
공갈 협박도 당했네
북한방송에서 홍 대장 영웅으로 소개하니
이번엔 빨갱이라며 모질게 고문했네
온갖 모욕과 유린 끝에

홍 대장은 가슴에 한 품고 죽었네

그로부터 여러 해 지나
뒤늦게 훈장 받고 국립묘지에 묻혔지만
이게 과연 조국 위해 몸 바친
의용대장에게 나라가 할 짓이었던가
이 일 저 일 돌아보면
한국, 너는 독도 지닐 자격 없네
피눈물 머금고 죽어 간 독도의용수비대
그들에게 저지른 못된 짓 보면
한국, 너는 독도 품을 자격 없네

생각하면 할수록
다만 수치와 오욕뿐이지만
옛 독도의용수비대원 33인이시여
이젠 저세상에서나마
독도 지키는 힘 되어 주시라

왜적들 넘보지 못하도록 막아 주시라
독도 수호신으로 되살아오시라
되살아오시라

제4부

독도의 뜻

내 이름 독도는
그동안 이루지 못한 독립
어서 성취하라는 뜻
배달겨레 하나 되어 단단히 다부지게
잘 살아가라는 뜻

독도의 독은
독립이란 뜻의 독(獨)
한 번도 완전독립 이뤄 보지 못했으니
지금이라도 올바른 독립
이루라는 바로 그 뜻

나는 동섬 끝에
독립문바위까지 세우고
오늘도 동해 깊숙이 무릎 담근 채
제대로 된 독립 이루라며
두 손 모으네

독도

삶이 유난히도
거칠고 가파른 사람 있듯이
바람과 파도에 시달리며
밤새 잠들지 못하는 섬 하나 있나니

너는 어미 아비 없이
먼 곳에서 홀로 살아가는 아이
너는 갖은 소외와 적막 속에
혼자 웅크리고 세월 견디는 새터민

너는 태어난 곳 멀리 떠나와
낯선 땅에 정 붙이는 다문화 여인
너는 주인도 사랑도 잃고
날마다 길거리 헤매 도는 떠돌이 개

온갖 거짓과 시련 속에
이 밤에도 외로워 흐느끼는 홀로섬

사람들 와글와글 몰려와

사진 찍고 만세 부르고 떠나가는 독도

독도 내력

헤아릴 수도 없이
아득한 옛날 동해 깊은 바다에
지축 울리는 대폭발
일어났으니

그로부터
오랜 세월 흐르고 흘러
거기서 또 엄청난 폭발 일어나
이번엔 바다 위로 우뚝 봉우리 솟았는데

그 봉우리 식어서 굳을 때쯤
꼭대기 분화구에서
끝도 없이 용암 죽 흘러내려
이렇게 여러 차례 대폭발과 용암 분출한 뒤

비바람 눈보라 지나가고
거센 파도 무수히 바위를 깎고 다듬으니

날카롭고 뾰족하던 속 무디어지고
군데군데 평평한 곳 생겨났더라

여기 풀씨 날아와 싹 틔우고
벼랑턱엔 온갖 새들 깃들어 보금자리 치고
물속 바위틈엔 고기 떼 숨어 사니
이것이 지상의 낙원
첫 해 뜨는 독도라 일컫나니라

이 아름다운 섬
탐내는 무리 많으니 이를 어찌
그냥 보고만 있을 건가
날마다 눈 부릅뜨고
혹시라도 숨어들 도적 지키리라

독도 이름

내 이름은 독도
누가 뭐래도 독도
우산도에 삼봉도라
한때는 강치 많다고 가지도
돌뿐이라고 돌섬
옛말로는 독섬

이런 이름 불러 줄 땐
그나마 정겹고 푸근했었는데
이 어인 일인가
누가 내 이름 낯설게 부르나
프랑스 배 다녀가더니 리앙쿠르 암
영국 배 다녀가더니 호네트 암
내가 무슨 입양아인가

생전 들어 보지 못한
그 이름 너무 싫고 야릇해

하지만 더 요망한 이름 붙었으니
섬나라 왜적들
나를 제멋대로 농락하면서
다케시마라 부르네
이 일본 이름 너무 싫어

내 운명 어찌
이다지도 가파른가
누가 내 빼앗긴 호적 되찾아다오
내 이름은 독도
항상 외로운 나날이지만
저 혼자 우뚝 일어서는 독도

독도의 역사

신라 장군 이사부 시절엔
싣고 간 나무사자로 우산국 정벌했네
그 옆 돌섬엔 관심 없었네
수천 년 흐르도록
역대 조선 사람들 누구도
돌섬엔 전혀 눈길 한번 주지 않았네
내 나라 내 땅에
어찌 이리도 무심했단 말인가

20세기 접어들어 일본이
그 돌섬 먼저 차지해 제 것이라 했네
이름조차 다케시마라 지었네
강치 잡는 건달들
독도 강치 보는 대로 잡아가서
기어이 독도 강치 멸종되고 말았네
조선이 일본 식민지 된 뒤로
이 돌섬 저절로 일본 차지 되고 말았지

나라 해방되었으나
힘센 나라들 등쌀에 주인 노릇 못 할 때
쫓겨 간 일본은 여전히
독도가 제 땅이라 우기며 들락날락
뒤늦게 정신 차린 한국은 독도에 눈길 돌려
이 돌섬 한국 영토라 외쳤지만
그 목소리 너무 가늘고
거친 해풍에 덧없이 날아가 버리고
실낱같이 가늘어져 들리지 않네

일본은 예나 제나
다케시마는 일본 영토라 우기고
한국이 현재 불법점령 중이라 마구 우기고
대를 이어 가며 반드시 찾겠다 하네
어쩌나 이를 어쩌나
비운의 돌섬이여 독도여
틈만 엿보는 일본은 돌섬 이용해서
한국에 고통 주는 잔꾀 부리네

독도의 처지

섬 주인은
오래전부터 자기 재산 지킬
굳센 의지 없었다네
식민지 끝에 독한 전쟁까지 치르느라
무슨 분별 있었으리
난리통에 정신줄 놓았을 거야

섬 주인이
넋 놓고 한눈 파는 사이
도둑놈 몰래 들어와
잽싸게 그 섬 차지해 버렸다네
제집 제 곳간 지키지 못한
주인 책임 크네

바보스런 주인 물건
영악한 도둑이 훔쳐간 꼴이네
그로부터 세월 흘러 그 도둑 잡혀간 뒤

정신 차린 주인 뒤늦게 왔네
섬에다 경비초소 짓고
밤낮 지키지만 늘 불안하네

출옥한 도둑 찾아와
이젠 내 땅에서 나가라 억지 부리네
힘 약한 주인이
동네방네 다니며 하소연하지만
목소리 큰 놈 무시하며
약자 편 들어 줄 사람 찾을 길 없네

지금 성난 목소리만 높여서도 안 되고
노래 부른다고 될 일도 아니네
온갖 지혜 모아서
국제영토분쟁에 대비해야 하네
으라차차 정신 차려야 하네
제정신 차려야 하네

독도의 날

이런 날 있는 줄 몰랐어
알고 보니 매우 중요한 날이네
20세기 하늘 문 열리던 해
1900년 10월 25일
대한제국 칙령 41호에는
울릉도와 그에 딸린 돌섬을
나라 영토로 확정한다는 글이 있지
이는 독도에 대한
분명하고도 확고한 영토 표시

참 어이없는 것은
왜적이 이보다 뒤늦은 1905년
러일전쟁 승리감에 젖어
독도를 다케시마로 이름 붙이고
그들 영토에 편입시킨 일
이때는 이미 왜적 통감부가 서울에 세워져
한반도의 손발 마구 결박하고

조선을 자기 것으로 다루던 시기
한국은 나라 없어져
독도주권에 대해 입도 벙긋 못 했어

왜적 물러간 뒤에도
여전히 주눅 든 역대 정권들
독도가 우리 땅이란 말 당당히 못 했네
이 틈에 왜적은 2월 22일을
다케시마 날로 정하고
한국에 빼앗긴 땅 찾는다며 어금니 깨물었네
왜 눈치 보는가
무엇이 그리 두려운가
올해 독도의 날엔 꼭 독도를 가야겠어
가서 결의 다지고 와야겠어

독도 밀약

제아무리
가난하고 군색해도
끝내 해선 안 될 짓 있지
그건 바로 조상이 물려준 고운 내 나라
내 땅 팔아먹는 것

총 들고 군복 입고
나라 훔친 과거 어느 정권이
돈 급해서 황망히 그 돈 장만하려고
일본 가서 비밀리에 왜적과
머리 맞대었네

독도가 그리 탐난다면
기꺼이 주저 없이 내어줄 테니
우리 원하는 돈 제발 좀 빌려 주오
간도 쓸개도 없던 이놈들
거기서 기어이 독도 넘겨주었네

앞으로 일본이
이 섬 자기 나라 영토라 주장해도
입 뻥긋하지 않겠다며
문서에 서명하고
그들 원하는 돈 받아 챙겼지

더러운 뒷거래
독도영유권 포기 각서
천추만대에 결코 용서받지 못할
흉측한 만행 저질렀네
오, 분한 마음 다스릴 길 없네

그래도 일본은 불안해서
이 섬으로 또 문제 생기면 어쩌나 하니
또다시 말썽 부린다면
아예 그 섬 폭파해서 없앤다 했네
이게 한국 대표 말이었다네

어느 누구도 모르는 이 비밀협약*
그 후로도 계속 이어져서
역대 독재자 놈들
틈만 나면 이것 앞세워 일본 달려가
몰래 돈 받아 왔네

독도는 우리 땅
제아무리 외쳐 본들 무엇하나
권력 잡은 악당들
진작 팔아넘긴 볼모의 섬
오늘도 눈물에 젖은 비운의 섬

---

* 1965년 박정희 군사정권은 일본과 한일협정 체결을 위한 사전회담을 여러 차례 진행하였으나 독도영유권 문제로 자꾸 지연되었다. 이에 정부는 일본 자민당 의원 우노 소스케를 서울로 몰래 불러들여 당시 정일권 총리와 밀실에서 일본의 독도영유권 주장을 용인하는 비밀협약을 맺었다. 이것이 독도 밀약(獨島密約)이다. 독도라는 걸림돌이 제거되면서 회담은 일사천리로 진행되어 불과 5개월 뒤 굴욕적 한일협정이 체결되었다.

독도 폭격사건

독도, 1948년 1952년
미국 전투기 떼 지어 날아와
벼락불 폭격 퍼부은 사건 아시는가
묵호 울진 울릉 어민들
독도 바다에서 미역 따고 물고기 잡다가
미군 폭격으로 수백 명
현장에서 즉사한 사건 아시는가

이 모두 왜적 흉계로 이루어졌나니
폭격연습장 찾던 미국에게
제발 다케시마 선택해 달라고 간청했다네
이것으로 세계 언론 관심 끌어
독도가 일본 땅임을 공인 받으려 했지
미국은 폭격 준비 갖추어
일본 어민들에게만 미리 통보하고
한국엔 전혀 알리지 않았어

영문 모르는 우리 어민들
그날 독도 바다로 배 몰고 가서 조업하던 중
하늘 불벼락 그대로 맞았다지
많은 어선들 침몰하고
죽고 다치고 부서지고 아비규환
현장은 아수라장 되었다네
어찌 이런 일이 있나
살다 살다 어찌 이런 일 당하나

한 많은 돌섬 독도가
왜 무참히 미군 폭격 연습으로
망가지고 찢어지고 일그러져야 하나
왜 수천 갈매기들 몰죽음했나
어찌하여 평화의 섬 독도가
볼모 신세 되고 말았나
간교한 일본 비겁한 미국에 줄곧 당하나

이후 미국 조사관 찾아와

죽은 사람 다친 사람 형편 묻더니
고작 한 사람 당 돼지 한 마리 값으로
변상해 줬다고 하네
무심한 세월 흘러가서
이 엄청난 비극 또 묻혀 버렸네
누구도 여기에 대해
입 벙긋하는 이 없었네
아무도 그날의 비극 아는 이 없고
파도 소리만 들리네

독도 앞바다에서
그날 떨어진 녹슨 불발탄 찾았네
벌겋게 녹슨 흉물의 폭탄은
지금도 눈 부릅뜨고 우릴 노려보네
역사는 어찌하여
이 폭격사건 모른 체하나
어찌하여 이 슬픔에 눈감고 있나

일본사무관 마에다의 보고서

1953년 10월
밤늦게 시마네 현 사카이 항 출발
깊은 어둠 헤치고
배는 줄곧 달리고 달려 아침 무렵
먼 수평선에 다케시마 보였다

경비정에서 작은 보트로 옮겨 타고
최대한 동도 가까이 다가가니
바위굴 구멍 속에서 사람이 나왔다
한눈에 봐도 조센징이다

혹시나 발포할까 걱정이 되어
서둘러 뒤로 물러나
섬을 멀리서 한참 바라보다가
확성기 방송으로 열 번 넘게 통보했다

여기는 일본의 영토

너희들은 불법체류자이므로
즉시 떠나거라
퇴거하지 않으면 당장
체포할 것이다

이렇게 줄곧 방송으로 알렸는데
어떤 대꾸도 없었다
지쳐서 돌아온 그 며칠 뒤
도쿄에서 한국 신문 보았는데
이런 기사 있었다

독도에 괴선박 출현
섬을 줄곧 돌면서
확성기로 뭐라고 한참 떠들어대다가
동쪽으로 사라졌다

다케시마 전시관

일본 도쿄
히비야 공원 안
다케시마 전시관 문 열었다네
창피한 줄도 모르고
일본 정부 주도로 이 전시관 열었다네

이 전시관 문 열던 날
영토문제담당 장관까지 와서
일장연설 하는데
다케시마는 한국이 60년 넘게
불법 점령하고 있어서
반드시 이를 되찾아야 한다고 역설했다네
뻔뻔하고 수치 모르는 왜적들

전시장엔 별것 없네
시마네 현 어부가 에도 막부로부터 받았다는
다케시마 출어 허가증

독도를 다케시마로 표기한 옛 지도
강치 살육하는 사진들
기껏해야 이런 허접한 것뿐인데

더 가관인 것은
일본이 법과 대화에 의한 해결 원하지만
줄곧 한국이 억지 부리고 있다는
기막힌 문구가 보이네
이런 일본과는 애당초 대화의 길
꽉 막혀 있지 억지는 왜적이
부려대고 있지

다케시마의 날

한국의 독도에
줄곧 눈독 들인 시마네 놈들
기어이 '다케시마의 날'이란 것 만들고
이른바 영토 회복의 칼 뽑았네

독도를 다케시마로 이름 바꾸고
일본 시마네 현으로 편입 고시한 날이
1905년 2월 22일이라네
대한제국 칙령으로 독도가 우리 땅임을
밝힌 날보다 5년이나 늦네

그런데도 왜적들은
현민 시정촌 현이 단결하여
다케시마 영토권 조기 확립 목표로
향후 방법 모색하고
국민 여론 두루 모으며
싸워 나간다는 취지의 조례 발표했네

그러한 2005년 이후
한일 두 나라가 해 오던 민간 교류는
저절로 중단되었네
우리가 마음의 긴장 느슨히 풀고
방심하면 왜적들은
온갖 수단으로 교묘하게
빈틈을 비집고 침탈해 오겠지

시마네 현 다케시마 자료실

일본 시마네 현
다케시마 자료실 2층
입구로 들어가면 갈수록 가관일세
우선 전시 코너 이름들 보며
웃음이 나오네

일본의 영토임을 배우다
일본의 다케시마
일본의 땅인데도 가지 못하는 다케시마
과거의 다케시마와 일본
다케시마에 가지 못하게 된 이유
다케시마 문제로 곤란한 것
평화적인 해결을 위하여
다케시마에 대한 올바른 지식을
다 함께 배웁시다

이렇게 여덟 가지 분류로
독도가 일본 것임을 억지주장 해대고 있네

아무것도 모르는 일본 아이들에게
그릇된 지식 심어 주려는
그 의도가 보이네

가장 웃기는 것은
독도의 강치란 강치
보는 대로 다 찌르고 쏘아 죽이고
그물로 생포해서 기어이 멸종시킨 놈들이
모든 안내판마다 강치 캐릭터 붙이며
억지 꾸며대는 기막힌 그 꼴
가관 중 가관일세

한쪽 벽 책장에는 일본의 학자란 것들
마구 써댄 다케시마 연구서적과
논문으로 가득하네
제아무리 분칠하고 마구 우겨대어도
독도가 다케시마 되지 않네

독도 모놀로그

나는 가련한 외톨이
아무도 살뜰히 거두지 않았지
곁에 누가 없음을 날마다 탄식하며
괴로워하던 시절 있었네

그저 나를 사이에 두고
걸핏하면 양쪽에서 볼모 잡았으니
그 틈에 끼어 옷 찢기고
내 가슴 피멍으로 얼룩진 날들

나를 중간에 세운 채
서로 자기 것이라 목청 높이며
네가 대체 뉘 집 자식인지 분명히 말하라
이렇게 다그치기도 했어

긴 세월 아무리 흘러간들
내가 그동안 받았던 온갖 모멸과 핍박

상처에 소금 뿌린 듯 아린 고통
씻을 날 과연 있을까

결코 서러워하지 않으리
해풍의 모진 위협에도 움츠리지 않으리
나 지금 푸른 동해 바다에
두 덩이 바위로 우뚝 서 있네

시인의 산문 · 시인의 말

시인의 산문

독도 괭이갈매기의 일갈(一喝)

이동순

배는 푸른 동해를 하염없이 건너갔다. 단조로운 창밖의 바다를 보는 것도 지쳐서 승객들이 고개를 숙이고 졸다 깨다 할 때쯤 한 섬이 드디어 수평선 위에 나타났다. 엽서 속의 그림 같은 섬이 아련히 눈에 들어오자 사람들은 일제히 뱃전에 나가 기쁜 얼굴로 환호하였다. 나도 달려 나가 눈썹 위에 손을 얹고 부신 듯이 그 광경을 바라다보았다.

울릉도 앞바다의 물빛은 그 짙푸른 남빛을 그 무엇으로도 형용할 수 없었다. 대체 얼마나 심오하기에 저런 빛깔을 나타내는 것일까? 모든 심오(深奧)의 빛깔은 저런 것일까? 하지만 가만히 보면 볼수록 그 바다 빛깔은 깊이 때문에 이루어진 것이 아니라, 오랜 고립과 단절과 소외가 만들어낸 초자연적인 결과란 느낌이 들었다.

배는 어느 틈에 고동을 울리며 도동항(道洞港)으로 접어든다. 고개를 좌우로 돌리니 그 어느 곳도 모두 천 길 낭떠러지의 바위벼랑이다. 그 벼랑턱에 실로 수천 년은 묵었을 향

나무 등걸의 주름살 많은 매무새가 위엄 높은 신선처럼 등을 구부리고 뭍에서 온 사람들을 내려다보았다.

대부분의 사람들은 울릉도까지만 갔다가 돌아올 수밖에 없다. 독도란 섬이 이곳에서 불과 80㎞ 떨어진 곳에 있다는 사실은 짐작으로 알았지만, 아무도 독도에 대해서 말하지 않았다. 다만 그곳은 누구나 쉽게 갈 수 없는 곳으로 한반도의 가장 동쪽에 위치해 있다는 소박한 상식만 지니고 있을 뿐이다.

나도 이런 범상한 견자(見者)의 한 사람으로 울릉도에 발을 디디어 무료히 바다만 바라보고 지내던 어느 날 저녁, 몹시도 감격스러운 기별을 받았다. 내일 보급품 수송 차 떠나는 해양경비정 편으로 독도를 다녀올 수 있게 되었다는 소식이었다. 미리 부탁을 넣어 두긴 했지만, 독도를 위해 그 어떤 노력도 하지 않은 채 그냥 누리기엔 너무도 과분한 영광이었다. 독도를 직접 가 본다는 설렘으로 잠조차 제대로 이루지 못하고 드디어 이른 아침 저동항(苧洞港) 부두로 나갔을 땐 가랑비가 부슬부슬 뿌려졌다.

울릉도에서 남동쪽으로 80㎞. 해양경찰 경비정은 태극기를 펄럭이며 푸른 물결을 헤치고 거침없이 나아갔다. 울릉도가 시야에서 막 사라지려고 할 때 수평선 위에 나타나는 두 개의 바위섬이 있었다. 그것이 바로 독도였다. 동쪽과 서쪽으로 나뉜 형제 섬이지만 부르기에 편하도록 그냥 동도와 서도였다. 외관으로 볼 때 울릉도가 커서 형, 몸피가 작은 독도는 아우로 부르지만 기실 바닷속에 잠긴 해산(海山)이란 이름의 바위뿌리까지 합하면 독도가 훨씬 커서 오히려 형님 섬에 해당한다고 했다.

우리는 흔히 독도를 단지 두 개의 바위섬쯤으로 알지만 기실은 주위의 작은 섬까지 합쳐 도합 서른여섯 개나 된다고 한다. 이 모든 섬을 아울러서 독도라 부른다고 한다.

독도의 주변은 물빛이 울릉도 주변보다 한결 짙푸른 남빛이었으며, 파도도 훨씬 거칠었다. 커다란 해양경비정이 곧바로 접안할 수 없어서 작은 전마선에 옮겨 타고 아슬아슬한 바위벼랑으로 다가가 부축을 받으며 뛰어오르니 드디어 독도에 첫발 디딘 감격을 실감할 수 있었다. 지금은 그때보다 훨씬 달라져서 동도에 소규모의 접안시설을 갖추고 관광객들은 거기에 잠시 머물다 돌아갈 뿐이다. 체류 시간도 불과 30분으로 제한이 있다고 한다.

독도로 주민등록을 아예 이전한 사람이 더러 있다고 하지만, 실제 주민은 없고 인가도 민간인도 보이지 않는다. 다만 거친 풍랑을 무릅쓰고 자나 깨나 외로운 섬을 지키는 동도의 독도경비대 병사들과 그들이 거처하는 콘크리트 막사만 한 채 있을 뿐이었다. 바위를 쪼아서 만든 계단을 걸어올라 섬의 능선으로 오르는데 왼쪽 바위벽에 웬 동판들이 그리도 많이 남루하게 붙어 있던지? 자세히 보니 모조리 그 이름을 알 만한 정치판의 속류들이다. 지금은 모두 철거되고 없다니 다행이지만 하여간 그들은 틈만 나면 알

량한 자기 이름 석 자를 드러내려고 안간힘을 쓴다.

독도 바위 능선에 올라서니 맞은편 언덕은 온통 갈매기들의 서식지였다. 공중을 날아다니는 큰 놈, 잰걸음으로 언덕을 뛰어다니는 작은 놈, 아직 둥우리에 엎드려 있는 어린 놈, 참으로 많은 갈매기들이 하나의 붐비는 저잣거리를 이루어 살고 있는 중이었다. 그 저잣거리는 온통 녀석들이 내는 특유의 소리들로 시끌벅적하였다. 눈을 감고서 들으면 마치 고양이들의 소굴 속에 들어와 있는 듯한 착각마저 들었다. 귀가 먹먹할 지경이었다. 그래서 이름조차 괭이갈매기던가? 백석(白石, 1912~1996)의 시 작품에도 이 괭이갈매기 이야기가 나온 것이 있었지.

비얘고지 비얘고지는
제비야 네 말이다
저 건너 노루섬에 노루 없드란 말이지
신미두 삼각산엔 가무래기만 나드란 말이지

비얘고지 비얘고지는
제비야 네 말이다
푸른 바다 흰 한울이 좋기도 좋단 말이지
해밝은 모래장변에 돌비 하나 섰단 말이지

비얘고지 비얘고지는

제비야 네 말이다
눈빨갱이 갈매기 발빨갱이 갈매기 가란 말이지
승냥이처럼 우는 갈매기
무서워 가란 말이지

— 백석의 시 「대산동(大山洞)」 전문

이 시의 셋째 연에 등장하는 '눈이 빨갛고 발이 빨간 갈매기'가 바로 괭이갈매기이다. 백석 시인은 괭이갈매기 울음소리를 승냥이 소리로 비유하고 있다. '신미두 삼각산'은 평안북도 신천군 운종면에 있는 큰 섬이다. 북한의 서해안에서도 조기가 많이 잡히는 지역이다. 한반도 여러 부속 도서 지역에 사실은 괭이갈매기 없는 곳이 없다. 녀석들은 무인도를 거의 점령하고 거기서 대를 이어 가며 살고 있다.

얼핏 보기에 수만 마리도 훨씬 넘어 보이는 독도 괭이갈매기들은 자기네 영역에 낯선 인간이 발을 조금씩 옮기며 진입하는 것을 몹시도 경계할 뿐만 아니라, 어떤 젊은 갈매기 녀석은 나에게 공격적 자세를 취하며 금방이라도 달려들겠다는 위협마저 나타내었다. 나는 손바닥으로 조심스럽게 머리를 감싸며 긴장 속에서 몸을 숙이지 않을 수 없었다. 아쉽지만 나는 갈매기들의 저잣거리로 들어가는 것을 포기하고 멀찌감치 떨어져서 그들의 군집(群集) 광경을 물끄러미 바라보았다.

바위섬을 둘러보니 그야말로 그늘이 될 만한 나무 한 그

루조차 변변히 없었다. 누군가가 독도를 푸른 숲으로 가꾸어 보려는 원대한 포부를 갖고 뭍에서 일부러 옮겨 와 심어 놓은 어린 묘목들이 보였다. 하지만 그 묘목들은 거친 비바람과 척박한 토질에 뿌리를 내리지 못하고 거의 시들시들 말라서 죽어 가고 있는 중이었다. 다만 육지에서 파도와 바람에 떠밀려 왔을 듯한 억새풀과 개밀, 엉겅퀴 같은 생명력이 강한 초본류가 무리를 이루어 군데군데 꽃을 피우고 있었다.

나는 독도 동쪽 섬의 길지 않은 능선을 걸어서 코끼리바위가 물속에 잠겨 있다는 남쪽 벼랑 아래로 내려가 보았다. 철제 계단을 설치해 놓았지만 바다 소금기에 삭아들어 덜렁거리는 부분도 보였다. 게다가 당장이라도 몸을 날려 버릴 것 같은 거친 해풍에 아찔한 위기를 느끼며 자주 몸을 납작 엎드리고 풀뿌리를 잔뜩 움켜잡은 채 걸음을 멈추고 그 자리에 정숙하게 앉아 있어야만 했다. 나는 더 이상 내려가는 것을 그만두었다.

다시 올라오는 길, 남쪽 벼랑 한 모퉁이에서 괭이갈매기의 주검을 보았다. 그는 어떻게 해서 이렇게 처참한 몰골로 내 앞에 놓여 있는가? 자신에게 주어진 수명을 모두 다하고 세상을 떠난 것인가? 아니면 질병에 걸려서? 아니면 동료와 싸우다가 따돌림을 당하고? 아니면 무엇을 잘못 먹고 도저히 회생할 길이 없어서?

나는 약간의 깃털과 함께 하얀 뼈만 남기고 미라처럼 말라 버린 갈매기의 앙상하고도 장엄한 형해(形骸)를 내려다 보며 온갖 상념에 젖어들었다. 인간의 운명이란 것이 지금 내 눈앞의 이 갈매기 몰골과 서로 무엇이 다른가? 전혀 다를 바가 없으리라.

독도 근해의 까마득한 수평선을 바라보며 나의 상념은 차츰 깊고 가파른 철학성으로 빠져들기 시작했다. 이런 사색에서 나를 일깨운 건 괭이갈매기였다. 고양이처럼 날카로운 소리를 내는 젊고 패기 있는 갈매기 한 마리가 내 어깨 위에 앉으려다가 내가 깜짝 놀라 경계하는 기색을 보이자 황급히 달아났다. 하지만 멀리 날아가질 않고 바로 앞 가까운 둔덕에 내려앉아 나를 빤히 쳐다보는 것이었다. 녀석의 동그란 눈동자와 나의 눈동자는 서로 마주 보며 한참 동안 소통하였다. 녀석은 독도 능선에 느릿느릿 나타난 나의 존재를 자기가 내려앉아 쉴 수 있는 만만한 바위쯤으로 여겼는지도 모를 일이다.

그날 저녁 나는 울릉도 도동의 숙소로 돌아와 밤이 깊어지기를 기다려 떠나올 때 가방에 넣어온 정지용(鄭芝溶, 1902~1950) 시인의 표지가 낡은 시집을 꺼내어 읽었다. 그런데 시집 속에서 뜻밖에도 낮에 독도에서 만났던 괭이갈매기의 구체적 실루엣과 다시 대면하게 되었다. 시인 정지용은 1920년대의 어느 날 바닷가에서 슬픈 갈매기 소리를 듣고 다음과 같은 시를 썼던 것이다. 밤새도록 파도 소리 철썩이는 들리는 울릉도의 깊은 밤, 여숙(旅宿)의 혼곤한 등불 아래에서 나는 시 「갈매기」를 나직한 목소리로 읽어 보았다.

돌아다보아야 언덕 하나 없다. 솔나무 하나 떠는 풀잎 하나 없다.

해는 하늘 한복판에 白金도가니처럼 끓고, 똥그란 바다는 이제 팽이처럼 돌아간다.

갈매기야, 갈매기야, 늬는 고양이 소리를 하는구나.

고양이가 이런데 살 리야 있나, 늬는 어디서 났니? 목이야 희기도 희다, 그래도 희다, 발톱이 깨끗하다, 뛰는 고기를 문다.

흰 물결이 치여들 때 푸른 물 구비가 나려 앉을 때,

갈매기야, 갈매기야, 아는 듯 모르는 듯 늬는 생겨났지,

내사 검은 밤비가 섬돌 우에 울 때 호롱불 앞에 났다더라.

내사 어머니도 있다, 아버지도 있다, 그이들은 머리가 희시다.

나는 허리가 가는 청년이라, 내 홀로 사모한 이도 있다, 대추나무 꽃피는 동네다 두고 왔단다.

갈매기야, 갈매기야, 늬는 목으로 물결을 감는다, 발톱으로 민다.

물속을 든다, 솟는다, 떠돈다, 모로 나른다.

늬는 쌀을 아니 먹어도 사나? 내 손이사 짓부풀어졌다.

水平線우에 구름이 이상하다, 돛폭에 바람이 이상하다.

팔뚝을 끼고 눈을 감었다, 바다의 외로움이 검은 넥타이

처럼 많어진다.

—정지용의 시 「갈매기」 전문

갈매기는 동물 분류학에서 도요목(目) 갈매기과 조류의 총칭이다. 그 갈매기들도 지역과 환경에 따라서 여러 종류가 널리 분포한다. 그 중에서 한반도의 도서 지역에 가장 많이 서식하고 있는 괭이갈매기는 고양이 울음소리와 흡사한 소리를 내며, 암갈색의 등과 검은 띠의 꽁지를 지니고 있는데 어린놈은 전체가 갈색이라고 한다. 바다 이미지를 유달리 많이 등장시키는 정지용의 시에서 갈매기가 시적 소재로 취택이 된 것은 오히려 자연스러운 현상이다.

그런데 시 전체를 자세히 읽어 보면 어딘가 모르게 시적 화자의 발성법이 어둡고 쓸쓸하다. 주변 환경의 척박하고 황량함은 극에 달해 있는 느낌이다. 우리는 이 시의 둘째 행 '해는 하늘 한복판에 백금도가니처럼 끓고, 똥그란 바다는 이제 팽이처럼 돌아간다'라는 대목을 눈여겨보자.

정지용 시세계의 특징적 어투가 가장 부각되어 나타나는 대목이 바로 이 부분이다. 예술적 광기에 차서 새로운 필법을 휘둘렀던 프랑스의 화가 반 고흐(Vincent van Gogh, 1853~1890)가 자연과 사물을 활활 타오르는 불꽃 형상으로 표현했던 광경이 떠오른다. 고흐의 그림 속에서 해바라기도 들판의 나무도 사람도 모두 이글거리는 화염 속에 휩싸여 있다. 당시 고흐의 심리적 상태는 활활 타는 용광로의

상태와도 같았던 것이 아닐까? '태양이 하늘 한가운데서 백금도가니처럼 끓고 있다'는 표현과 '동그란 바다가 팽이처럼 돌아간다'는 표현은 정지용 고유의 트레이드 마크였다.

시인 정지용은 백금과 팽이 이미지를 자신의 시에서 꽤나 애착을 갖고 즐겨 쓴 것 같다. 그리고 여기에는 분명히 시인의 어떤 의도가 깔려 있었던 것임에 틀림없다. 다음에서 그러한 대목들의 예를 들어 보기로 하자.

> 나직한 하늘은 백금 빛으로 빛나고(「갑판 우」, 1927)
>
> 해는 하늘 한복판에 백금도가니처럼 끓고 똥그란 바다는 이제 팽이처럼 돌아간다.(「갈매기」, 1928)
>
> 고요히 눈물겨운 백금팽이를 돌리오(「바다7」, 1930)
>
> 사랑의 백금도가니에 불이 되라(「임종」, 1933)

백금이라는 귀금속이 세상에 처음 알려지게 된 것은 지금부터 불과 2세기 이전의 일이다. 스페인의 장군이자 천문학자였던 데울로아(Antonio de Ulloa, 1716~1795)란 사람이 펴낸 『남아메리카 서해안 탐험기』(1748)를 통해서 처음 그 존재가 알려졌고, 이후 유럽으로 전파되었다. 흔히 은과 착각을 일으켜서 플라티나(platina)란 이름이 붙여졌다고 한다. 지용 시에 등장하는 백금 이미지는 자신의 작품에서 고귀한 사물의 존재성이나 상태를 표현할 때 흔히 쓰였던 방법이다.

'팽이'란 시어는 어떤 의미를 지니고 있는가? 일반적으로 팽이는 가운데 축(軸)을 중심으로 둥근 동체가 회전운동을 하는 완구(玩具)의 하나이다. 최후의 동력이 남아 있을 때까지 팽이는 자기 존재의 중심을 유지하려고 안간힘을 쓴다. 시인은 가파른 현실에 시달려 쓰러질 듯 기우뚱한 자신의 삶을 균형 잡힌 상태로 되돌려 놓고자 할 때 항상 팽이 이미지를 쓰고 있는 듯하다. 그러니까 불안정을 안정으로, 비정상을 정상으로 회복시키려는 강렬한 시적 의도가 이 팽이 이미지 속에 담겨 있는 것이다. '눈물겨운 백금팽이를 돌린'다는 구절에서 우리는 시인의 이러한 내면적 구상과 의도를 확실히 짚어낼 수 있다.

이 시에는 시인의 어떤 주장이나 특별한 이념이 나타나 있지 않다. 그러므로 독자들은 시의 안팎에 깔려 있는 음영이나 분위기를 가슴속으로 잔물결처럼 느끼면서 고요히 문맥을 따라가며 다만 즐기는 것으로 충분하다.

이 시에서 갈매기는 시인의 내부적 슬픔이나 외로움으로 독자를 이끌고 가는 길잡이 역할을 한다. 시인은 갈매기에게 마치 나직하게 타이르듯 친근한 어조로 도란도란 말까지 걸면서 자신의 운명적 슬픔이나 애달픔 따위를 조심스럽게 털어놓는다.

정지용은 1930년대를 대표하는 식민지조선의 시인 중 하나이다. 사상이나 이념 따위의 과도한 관념에 의탁해서 시를 쓰던 시기에 그림처럼 선명하게 장면을 묘사하고 이미지로 생기를 담아내는 방법으로 시를 써서 청년기 세대들에게 큰 인기를 얻었다. 바다가 전혀 없는 내륙 골짜기 충북 옥천이 그의 고향이라서 그런지 시인은 유난히 바다를 동경하고 바다 이미지를 즐겨 사용한다. 암울했던 식민지 시절에 제빛 잃어 가는 모국어의 아름다움을 특별한 정감으로 되살려낸 정지용 시 작품들을 우리는 기억한다. 호남 방언이 주는 미학을 눈물겹게 엮어 갔던 김영랑(金永郎, 1903~1950), 박용철(朴龍喆, 1904~1938) 등과 함께 정지용이라는 시인의 존재는 빈약하기 짝이 없는 우리의 시문학사에서 얼마나 찬연한 별떨기로 광채를 뿌리며 다가왔던가. 그토록 아름다운 작품을 많이 남겼으면서도 정지용의 시는 험난한 분단시대 문학사에서 오래도록 표면에 드러나지 못하고, 언제나 으슥한 그늘이나 뒷전에 숨은 채 무슨 밀교(密敎)의 경전처럼 몰래 읽혔던 것이다. 분단이라는 폭풍은 시인 정지용의 존재를 왜곡시켜 버렸고, 그를 역사의 무덤 속으로 매몰시켜 버렸다. 이런 시인들이 어디 하나둘인가?

오랫동안 찾는 이 하나 없이 외진 곳에서 푸대접받고 외면당해 온 시간을 보상해 주는 길은 독자들이 그들의 문학세계를 더욱 따뜻하게 끌어안고 아끼며, 사랑스럽게 보듬는 것뿐이다. 그만큼 해금시인(解禁詩人)의 존재는 문학사에서 다시금 되새겨져야 한다.

무릇 사람이 제대로 살아간다는 것은 무엇일까? 아마도 진정한 삶의 일이란 비뚤어지고 잘못된 것을 원래의 바른

형태로 고쳐 나가려는 끈질긴 노력과 그 싸움의 과정이 아닐까 한다. 근본에 끊임없이 의문을 던지고 줄기차게 교정(矯正)과 극복의 노력을 하려는 사람이 많아질수록 그 사회는 튼튼하고 건강한 모습을 되찾게 될 것이다. 시인 정지용이 자신의 삶과 시적 작업에서 그토록 집념을 가졌던 '눈물겨운 팽이 돌리기'의 작업도 바로 이러한 끈기와 교정의 시정신으로 새롭게 해석해 볼 수 있으리라.

내가 독도에서 만난 괭이갈매기는 요란한 일갈(一喝)로 이런 교훈을 일깨워 주었다.

시인의 말

독도의 독은
독립이란 뜻의 독(獨)
한 번도 완전독립 이뤄 보지 못했으니
지금이라도 올바른 독립
이루라는 바로 그 뜻

이번 시집을 엮으면서
시종일관 머릿속에 머물러 있었던 화두는
바로 이것이었다.

2020년 5월
이동순